# 鸵鸟当上了故事主角

# 鸵鸟当上了故事主角

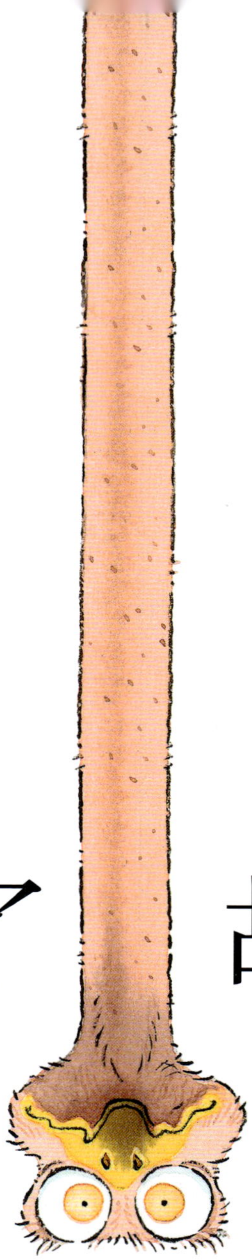

浪花朵朵


［法］吉尔·巴什莱 著

曹杨 译



河北出版传媒集团

河北少年儿童出版社

·石家庄·

## 作者简介：

吉尔·巴什莱1952年出生于法国，毕业于法国巴黎国立高等装饰艺术学院，已创作多部广受孩子们喜欢的图画书。他的作品《我的超级大笨猫》获得法国儿童图画书大奖——“面包树奖”；《白兔夫人》获得法国蒙特勒伊童书展绘本奖；《独角兽的特别假期》获得意大利儿童独立书店协会颁发的最佳插画奖；《故事主角下班后》获得中国“我最喜爱的童书”图画书组铜奖。他本人获得2022年林格伦纪念奖提名。

目前，他在浪花朵朵出版的作品有：《我的超级大笨猫》《白兔夫人》《独角兽的特别假期》《故事主角下班后》《动物明星的秘密试镜》《鸵鸟当上了故事主角》。

**图书在版编目（CIP）数据**

鸵鸟当上了故事主角 / （法）吉尔·巴什莱著 ； 曹杨译. -- 石家庄 ： 河北少年儿童出版社，2025. 7.

ISBN 978-7-5595-7697-2

Ⅰ. I565.85

中国国家版本馆CIP数据核字第2025PX1954号

First published in France under the title:
Il n'y a pas d'autruches dans les contes de fées
Gilles Bachelet

著作权合同登记号：冀图登字 03-2025-005

鸵鸟当上了故事主角
[法] 吉尔·巴什莱 著　　曹 杨 译

选题策划：北京浪花朵朵文化传播有限公司　　出版统筹：吴兴元
责任编辑：李卫国　　特约编辑：潘红叶
美术编辑：穆　杰　温若迪　　装帧设计：墨白空间·唐志永

出版发行：河北少年儿童出版社
地　　址：石家庄市桥西区普惠路6号（邮编050020）
印　　刷：雅迪云印（天津）科技有限公司
开　　本：889毫米×1194毫米　1/12
印　　张：2.67　　字　　数：100千字
版　　次：2025年7月第1版
印　　次：2025年7月第1次印刷
书　　号：ISBN 978-7-5595-7697-2
定　　价：60.00元

读者服务：editor@hinabook.com 188-1142-1266
投稿服务：onebook@hinabook.com 133-6631-2326
直销服务：buy@hinabook.com 133-6657-3072
官方微博：@浪花朵朵童书

大部分童话里都没出现过鸵鸟，连研究童话的美国心理学家布鲁诺·贝特尔海姆都没能注意到这一点。这足以让吉尔·巴什莱产生把鸵鸟放进所有童话的强烈愿望。毕竟，在夏尔·佩罗将童话范式化之前，“穿越时代口耳相传”的童话，曾在冬日的炉火旁，产生无数变体。由于始终根植于奇幻的想象，巴什莱的童话既好笑又抽象，这在我们如今的时代是不可多得的。

有些人和动物天生就适合做故事的主角，比如克罗马农人、凯撒、拿破仑、格劳乔·马克斯……还有鸵鸟。鸵鸟这种奇怪的动物似乎是为滑稽歌舞剧而生的，它的那圈羽毛始终都大受欢迎。然而，区区四个脚趾，两个毫无用处的翅膀（尤其是对飞翔毫无用处），秃鹫似的没毛脖子，丰腴如古罗马贵妇的腰胯，一句话，这副滑稽模样，注定了它终有一日将成为创作者的“猎物”。吉尔·巴什莱，这个猴子、猫、大象和蘑菇的“猎捕者”，如今又让鸵鸟“花样百出”，可谓是对经典童话的“后现代式重读”。

“滑稽可笑死了”从未置人于死地：要不然，地球上早就没这么多人了。鸭子为枕头献身，鹅为墨水瓶献身，鹰为羽箭和印第安苏族武士的祭礼头饰献身……鸵鸟则把自己全身心献给了讥笑和嘲讽。在鸵鸟身上，我们可以看到一种伟大的谦卑，甚至神圣。

在吉尔·巴什莱之前，鸵鸟的原始品种有：蓝脖子的鸵鸟和红脖子的鸵鸟。从今以后，通过巴什莱的新种鸵鸟，我们将在童话中邂逅友谊与幽默。

——雅克－安德雷·贝特朗

法国作家（1946~2022）

## 小红鸵鸟

（《小红帽》/［法］夏尔·佩罗）

穿上鸵鸟毛以外的东西时，鸵鸟很是滑稽。

# 卖火柴的小鸵鸟

（《卖火柴的小女孩》/ [ 丹麦 ] 汉斯 · 克里斯蒂安 · 安徒生）

鸵鸟没发明过火药。

## 林中睡鸵鸟

（《林中睡美人》/［法］夏尔·佩罗）

鸵鸟不仅呼噜声震天，脚丫子还会伸到床外。

# 一簇发鸵鸟

（《一簇发里凯》/［法］夏尔·佩罗）

鸵鸟发型失败，梳得像撮腋毛；

# 鸵鸟的新装

（《皇帝的新装》/［丹麦］汉斯·克里斯蒂安·安徒生）

而且衣着奇葩，天天泡在更衣室里。

## 鸵鸟和七个小矮人

（《白雪公主和七个小矮人》/［德］雅各布·格林和威廉·格林）

鸵鸟胃口好，

# 勇敢的小鸵鸟

（《勇敢的小裁缝》/［德］雅各布·格林和威廉·格林）

脾气暴。

# 穿靴子的鸵鸟

（《穿靴子的猫》/［法］夏尔·佩罗）

鸵鸟生性内向，

# 鸵鸟与野兽

（《美女与野兽》/［法］让娜－玛丽·勒普兰斯·德·博蒙）

不是随随便便就能被搭讪的。

## 金发姑娘和三只鸵鸟

（《金发姑娘和三只熊》/ 经典故事）

鸵鸟的家，

## 三只小鸵鸟

（《三只小猪》/ 经典故事）

小得让鸟儿都无地自容。

## 不来梅的鸵鸟

（《不来梅的音乐家》/［德］雅各布·格林和威廉·格林）

除了跟伙伴们搞怪表演、

## 哈梅恩的吹鸵鸟手

（《哈梅恩的吹笛手》/［德］雅各布·格林和威廉·格林）

逛街外，鸵鸟几乎什么都不会做。

## 尼尔斯骑鸵鸟旅行记

（《尼尔斯骑鹅旅行记》/［瑞典］塞尔玛·拉格洛夫）

它既不会飞，

# 皇帝与鸵鸟

（《皇帝与夜莺》/［丹麦］汉斯·克里斯蒂安·安徒生）

也不会唱歌。

## 丑小鸵鸟

（《丑小鸭》/［丹麦］汉斯·克里斯蒂安·安徒生）

它游泳技术欠佳，

## 汉赛尔与鸵鸟

（《汉赛尔与格莱特》/［德］雅各布·格林和威廉·格林）

幽默感也备受争议。

所以，童话里很少有鸵鸟出现。

但这并不妨碍鸵鸟跟爱鸟结婚，幸福地生活在一起，并生下好多孩子。